A SON EXCELLENCE

MONSIEUR

LE COMTE FÉLIX BACCIOCHI

GRAND CHAMBELLAN

DE S. M. L'EMPEREUR NAPOLÉON III.

Paris. — Typ. Charles de Mourgues frères.

SOUPIRS ET LARMES!

POÉSIES NOUVELLES

PAR

J.-T. NOTAJULONE.

PARIS.

IMPRIMERIE CHARLES DE MOURGUES FRÈRES,

Successeurs de Vinchon,

RUE JEAN—JACQUES ROUSSEAU, N° 8.

1857.

Il est un mot tout plein de suprême éloquence,
Mot dont nul ne saurait égaler l'influence,
    Mot grand , mot souverain !
Mot que, comme une énigme impossible à connaître,
Nous portons en naissant, comme part de notre être,
    Et ce mot..... c'est demain !

Demain , dit le pilote en contemplant l'étoile
Qui brille au firmament et sourit à la voile,
    Nous quitterons le port ;
Demain nous voguerons vers des rives nouvelles ,
Demain, dessus les flots, ma nef aux blanches ailes
    Va s'élancer encor.

Il convient à l'humble chaumière
Comme au palais, ce mot: demain;
C'est un phare, immense lumière
Qui rayonne sur tout chemin.

C'est le bâton de la vieillesse,
Du pauvre c'est souvent le pain,
C'est l'âge mûr de la jeunesse,
C'est le rêve du lendemain.

C'est l'ancre de toute espérance,
C'est l'écho du frais souvenir,
C'est le baume sur la souffrance,
C'est la croyance en l'avenir.

C'est ce qu'aime à rêver notre âme,
C'est ce qu'adore notre cœur,
De tout horizon c'est la flamme,
De tout foyer c'est le bonheur.

Demain...... mais c'est avec tendresse
Que nous l'avons invoqué tous,
Quand le bonheur ou la détresse
Nous faisait tomber à genoux.

Quand nous errions, courant les grèves,
Attristés, pâles, abattus,
Redemandant l'un des beaux rêves
De maints jours à jamais perdus.

C'est demain qui, lorsque l'orage
Jusqu'au ciel soulève les flots,
Murmure : Travaillons, courage !
A l'oreille des matelots.

C'est demain qui dit à l'épouse :
Il reviendra, sèche tes pleurs ;
D'aujourd'hui ne sois pas jalouse,
Je cueillerai pour toi des fleurs

Dont je te ferai des couronnes
Roses et blanches, tour à tour,
Si tu me crois, si tu me donnes,
Au réveil, un regard d'amour.

C'est demain qui soutient la lyre
Du poète dans les revers ;
C'est demain qui me fait vous dire :
Accueillez mes bien faibles vers.

Demain pour le captif comporte
Tout un ciel de félicité,
Lorsque la brise qui l'apporte
Murmure tout bas : liberté !

C'est demain qui fait que, sans plainte,
Je puis supporter mon destin ;
C'est demain qui fait que, sans crainte,
Je vous offre, de mon jardin,

Quelques pervenches, quelques roses
Qui frissonnent au vent du soir,
Pauvres fleurs fraîchement écloses
Sous un souffle embaumé d'espoir.

Comme aussi parfois, ô délire !
C'est la mort qu'il porte avec lui,
La mort, funèbre éclat de rire,
Qui, dès le berceau, nous poursuit.

Mais, loin de moi toute tristesse,
Aujourd'hui je veux du bonheur.
Dans ce demain que je caresse
Et donne en espoir à mon cœur.

Dans ce demain qui dit : espère,
Tout est changeant dans le destin.
Aujourd'hui gronde le tonnerre,
Attends encor jusqu'à demain.

Paris.

DOULEUR ET RÉSIGNATION.

~~~~~~~~~

Triste et dépossédé de mon plus divin rêve,
J'errais.... c'était un soir, un de ces soirs sans trève,
Sans compte, sans merci, pour l'ennui, la douleur,
Où tout ce qu'on entend ronge et navre le cœur ;
Où tout ce que l'on voit porte un cachet de doute,
Où nous heurtons nos pas aux pavés de la route....
J'errais.... me demandant, pauvre et chagrin, rêveur,
Pourquoi le Ciel n'avait pour moi nulle faveur ;
Pourquoi chaque caillou jeté sur mon passage
Faisait monter soudain le rouge à mon visage ;
Pourquoi je n'avais plus ces doux espoirs du cœur
Qui font un peu de joie au sein de la douleur ;
Pourquoi mes pieds meurtris en courant un rivage,
Meurtris étaient encor longtemps après l'orage ;
Pourquoi la mer hurlant, semblait hurler sur moi,
Et chacun de ses flots m'apporter un effroi ;
Pourquoi chaque horizon m'apparaissait si sombre
Qu'on eût dit que ses feux, pour moi, se voilaient d'ombre ;
Pourquoi chaque ouragan retentissait en moi,
Ainsi que le marteau d'un lugubre beffroi ;
Pourquoi, comme un maudit, passant de doute en doute,
La sueur, sur mon front, ruisselait goutte à goutte ;

Pourquoi je n'avais plus, en mon ressouvenir,
Même un songe avorté du plus humble avenir ;
Pourquoi, comme un forçat qui remorque sa chaîne,
Je remorquais des jours pleins de larmes de haine ;
Pourquoi toujours, enfin, appelant le bonheur,
Je n'avais, sur mes pas, trouvé que le malheur.

C'est ainsi que, cherchant, j'arrivais au rivage,
Où je devais encor retremper mon courage.
Affaissé sous le poids de tous mes mauvais jours,
Sans savoir où j'allais, j'allais, marchais toujours,
Laissant derrière moi, sans nul regret, la foule
Qui, semblable à la vague, et se meut et se roule ;
Et puis je m'arrêtais, et, comptant mes douleurs,
Sur elles j'effeuillais quelques bien rares fleurs ;
Puis, pauvre voyageur qu'effleure la folie,
Au vase amer du cœur buvant jusqu'à la lie,
Je songeais aux ennuis par où j'étais passé,
A chaque désespoir en mon âme entassé ;
Et, pour mieux savourer le fiel de ma tristesse,
Ma pensée évoquait un océan d'ivresse ;
Elle plongeait au fond de ces rêves d'amour
Où chaque être a le droit de puiser à son tour,
Où la vie, à grands flots, circule dans les veines,
Où les larmes à deux sont douces et sereines,
Où le front ne trahit qu'ineffable bonheur,
Où chaque fruit qu'on cueille est tout parfum, saveur ;
Où la fleur nous sourit, où la frêle aubépine
Sous le poids de l'oiseau tout doucement s'incline ;
Où la verte prairie aux ondoyants contours
Sent errer mollement la brise dans son cours ;

Et, comme des rubis aux facettes polies,
Des perles de rosée étale épanouies ;
Où l'espoir va courant de sommets en sommets,
Sans songer aux récifs, sans s'arrêter jamais,
Heureux de s'élancer, sans crainte de naufrage,
L'œil en feu, le pied sûr, jusqu'aux sphères d'orage.

Oui, souffrant, je cherchais à souffrir plus encor
En fouillant mon passé, puis j'invoquais la mort ;
      Lorsqu'une voix d'archange
      Doucement m'arracha
      De mon désir étrange,
      Et jusqu'au fond plongea :
      Des soupirs.... disait-elle :
      Des sanglots.... et des pleurs...
      Pourtant la terre est belle
      Sous sa robe de fleurs.
Pourquoi désespérer ? viens prier avec moi
Jéhovah, l'Éternel, au berceau de la foi.
Et je suivis la voix, pour pouvoir, de mon âme,
Sonder jusques au fond la dévorante flamme ;
Pour pouvoir soupirer au lieu sanctifié
Par le sang répandu d'un Dieu crucifié ;
Pour pouvoir murmurer, à genoux sur la pierre,
Un sublime transport, une tendre prière ;
Pour pouvoir, à Dieu même épelant mon amour,
Et rêver, et prier, et pleurer tour à tour ;
Pour pouvoir, m'arrachant au joug de l'agonie,
Puiser venant d'en haut une sainte harmonie ;
Pour pouvoir, un par un comptant tous mes sanglots,
Aux pieds du Tout-Puissant rouler avec leurs flots ;

Pour sentir un moment, un seul penser de l'heure,
Mon âme qui languit, souffre, gémit et pleure,
S'enivrer, oubliant ses longs deuils, sa douleur,
Des vagues de parfums venant du Créateur.
Et pour montrer au Christ, l'adorant dans son temple,
Tout ce que le méchant avec amour contemple :
Les regrets convulsifs me dominant toujours,
Et l'ennui dévorant mes nuits comme mes jours ;
Puis mon cœur, en lambeaux, traîné sur une claie,
A l'esprit n'offrant plus qu'une brûlante plaie,
Et n'osant revenir à tous ces songes d'or,
Qui l'ont bercé, ravi, captivé tout d'abord,
Pour le laisser après détester et maudire
Tout ce qui porte en nous l'ivresse du délire.

Pour lui dire : Lisez, ô Christ ! ô mon sauveur !
Dieu tout-puissant, Dieu saint, au livre de mon cœur ;
Lisez, vous y verrez, écrit sur chaque page,
Le désespoir muet isolant mon rivage,
L'agonie et la mort m'apportant leurs torpeurs,
Et les démons hurlant des cris pleins de fureurs ;
Vous y verrez, mon Dieu ! combien, pauvre âme en peine,
J'ai dû lutter longtemps pour surmonter la haine ;
Combien, proie aux courants, infortuné nocher,
J'ai cramponné mes mains aux parois du rocher,
Pour me sauver brisé du terrible naufrage
Où me poussaient toujours ma pensée et l'orage.

Vous y verrez combien, hélas ! j'ai combattu,
Et combien s'est raidi mon esprit confondu ;

Combien, dans mes longs jours de trouble, d'amertume,
Sur moi, de tous les fiels, a rejailli l'écume ;
Et qu'alors j'ai compris, dans mon dernier espoir,
Qu'il me fallait, hélas ! l'impossible pouvoir.
Combien, à chaque instant rétrécissant ma route,
Le destin m'a serré dans l'implacable doute ,
Et, sans compte des pleurs qui débordaient mes yeux,
Sanglant et garrotté dans ses bras capricieux,
M'a montré l'horizon, voilé par les ténèbres,
M'apportant dans ses flancs mille transports funèbres,
Ainsi qu'en ricanant, un ignoble bourreau
Montrerait sans pâlir sa hache et l'échafaud.
Combien j'ai vu de fois, n'importe le rivage,
Chaque rêve adoré me fuir comme un mirage,
Et puis s'évanouir, ne laissant à mon cœur
De doutes torturé, qu'un long cri de douleur ;
Combien, monté bien haut, j'ai dû souvent descendre,
En sentant, de mes pieds, l'appui voler en cendre
Comme si ma pensée éventrait un cercueil,
Et ne pouvait monter qu'en heurtant un écueil.

Alors, voyant au fond de mes jours où tout sombre,
Vous frémirez, Seigneur, en en recueillant l'ombre ;
Vous douterez, si Dieu peut un instant douter,
Que l'enfer ait, sur moi, pu tant accumuler ;
Et vos divines mains voileront votre face,
En suivant pas à pas mes tourments à la trace ;
Et vous direz à l'ange assis à vos côtés :
Va, porte à ce souffrant quelques félicités ;
Montre-lui des sentiers moins semés d'amertume,
Guide-le désormais loin de ces flots d'écume

Du doute, ce puissant et lourd flagellateur,
Qui jusqu'en mon parvis vient souffler la douleur.
Va, dis-lui d'espérer, car longtemps à l'orage
Il a su résister avec ardeur, courage ;
Longtemps il s'est raidi contre les coups du sort
Qui le poussaient, roulaient de l'absence à la mort !
Va, dis-lui qu'un soleil à l'horizon se lève,
Soleil dont les rayons éclaireront son rêve ;
Qu'un beau ciel de printemps, riche, brillant d'azur,
Rafraîchira son front du zéphyr le plus pur,
Et, doux père berçant l'enfant qui le caresse,
A ses pieds versera tous les trésors d'ivresse.

Oui, Seigneur, en lisant mon cœur jusques au fond,
Vous y verrez le mal que les méchants y font,
Et prenant en pitié ma trop lente agonie,
Vous fleurirez mes pas ou briserez ma vie.

Vous verrez que, parfois, si foulant un champ vert,
J'ai cru voir un abri contre les vents d'hiver,
Et, me laissant aller aux vagues d'espérance,
Me suis, triste, imprudent, bercé dans ma croyance,
Tout détruisait bientôt ma naïve illusion,
Et, déchirant le voile au gré de la passion,
Fouillait le sol riant de ces plaines fleuries,
Où mon âme et mon cœur avaient leurs rêveries.

Vous verrez que toujours j'ai répandu des pleurs,
Même aux sentiers semés de parfums et de fleurs ;
Et que lorsqu'un vallon, une fraîche prairie,
Invitaient à rêver ma muse tôt tarie.

Je fuyais, croyant voir, du doute horribles jeux,
Danser autour de moi, mille spectres hideux.
Je fuyais, étreignant dans mes mains mon front blême,
Comme un maudit fuyant un puissant anathème,
Et mes pieds se heurtaient à tous les durs cailloux,
Et je sentais le froid monter à mes genoux,
Et je disais, plongé dans désespoir extrême,
Pas une voix, Seigneur, ne me dira : Je t'aime !

Vous verrez, ô Seigneur ! ô Christ ! ô mon Sauveur !
Que, de nul fruit, jamais je ne sus la saveur,
Et que lorsque insensé, dévoré par la fièvre,
Je croyais, sur doux fruit, pouvoir poser ma lèvre,
Soudain en fiel amer se changeait sa douceur,
Fiel âpre qui mordait l'image de mon cœur,
Comme si cent démons, pris de joie infernale,
Avaient de mon trépas hurlé l'heure fatale.

Vous verrez mes espoirs s'éteindre tour à tour,
Soit que ce soit la nuit, soit que ce soit le jour,
Soit que sommets à pic, qu'un arc-en-ciel colore,
Réfléchissent les feux d'une brillante aurore,
Soit que, pleine d'éclairs, la nue à l'horizon
Éclate en inondant la plaine et le vallon,
Soit qu'enfin j'ai, livrant mon frêle esquif à l'onde,
Tenté longtemps le sort par tous les bouts du monde.

Vous verrez que pourtant, malgré funestes cris,
Malgré désirs grondants, malgré les vains débris

De mes rêves déçus, de ma triste pensée,
Souvent errante au loin sur la vague élancée,
Pour savoir s'il lui vient du Bosphore aux flots bleus
Quelque frais souvenir, mirage d'amoureux ;
Malgré le deuil écrit en mon sein qu'il dévore,
J'ai cru, Dieu tout-puissant, j'ai cru, je crois encore
Que l'infortuné peut tendre les bras vers toi,
Dans ses transports sacrés d'espérance, de foi ;
Et que, dans ta justice et divine et suprême,
Tu n'as pas dit : Qu'il soit maudit parce qu'il aime.

C'est ainsi que, pensant dire à Dieu mes douleurs,
Un par un je comptais mes sanglots et mes pleurs ;
Et que, le front courbé, j'arrivais vers l'enceinte
D'où montait vers le Ciel une prière sainte.
Un chœur de voix d'enfants disait au Saint des saints
Du prophète David les cantiques divins,
Et des anges portant la divine ambroisie
Versaient sur ces enfants des essences de vie ;
Et sur le sacré temple où murmuraient ces voix,
Du Christ rédempteur, l'image de la croix,
Semblant jeter vers Dieu son cri de délivrance,
Disait : Seigneur, Seigneur, j'ai vaincu la souffrance ;
J'ai tenu sous mon pied les démons qui hurlaient,
Et dont les cris de haine à ton trône montaient ;
J'ai souffert pour sauver ces âmes immortelles
Que tu fis pour peupler les voûtes éternelles ;
J'ai sué sang divin pour fléchir ton courroux,
Et ce sang a coulé jusques à tes genoux.
Ne brise point mon œuvre en ta juste colère ;
Laisse quelques parfums réjouir cette terre ;

Assez longtemps le deuil a souillé ses chemins,
Ah ! trêve à douloureux et pénibles destins !
Pitié pour ces souffrants dont le pélerinage
Au Dieu fait homme, au Christ, aujourd'hui rend hommage.

Et mes yeux se fixaient sur un ciel incertain,
Et je sondais l'espace et l'horizon lointain ;
Et je sentais encor tournoyer sur ma route
L'agonie et la mort, spectres pâles du doute ;
Et la pensée, en moi, bourdonnait sourdement
Et des parvis sacrés j'approchais lentement ;
Et, suivant pas à pas de la foule l'exemple,
J'entrais, sans savoir où, soucieux dans le temple.

Mais soudain, quand mes pieds se heurtèrent aux lieux
Où la peine du Christ épouvanta les cieux,
Une voix retentit ; une voix bien plus forte
Que celle du malheur qui me pressure, emporte ;
Et cette voix d'en haut m'arrivait jusqu'au cœur,
Ainsi qu'un vif éclair tout lumière et chaleur.
Hélas ! me disait-elle, hélas ! tu souffres, pleures ;
De tes cruels moments tu rappelles les heures !
Le Christ n'a-t-il donc pas bien plus que toi souffert ?
N'a-t-il pas dans son flanc senti fouiller le fer ?
Plus que toi n'a-t-il pas épuisé l'amertume
De l'insulte à son front montant pleine d'écume ?
Et le Christ était Dieu ! Dieu dont le saint courroux
Pouvait tous les méchants courber à ses genoux !
Et le Christ était Dieu ! Dieu qui pouvait, en poudre,
Tout réduire aux éclats de sa puissante foudre !

Et le Christ était Dieu qui mourait pour sauver
Ceux mêmes qui de fiel cherchaient à l'abreuver !
Et le Christ était Dieu ! Dieu venu sur la terre
Pour réconcilier et la sœur et le frère.
. . . .
. . . .
. . . .
. . . .

A ces accents, alors, ma tête se soulève
Et retombe aussitôt : je n'avais fait qu'un rêve !

Rade de Beyrouth.

JE TE LE DOIS.

Si quelquefois je suis poète,
Si mes chants ont quelque douceur,
Si ma muse, en un jour de fête,
Répond aux transports de mon cœur,
Enfant, c'est à ton frais sourire,
A ta suave et chaste voix,
A ton front si pur qui m'inspire,
Que je le dois, que je le dois.

Si loin de Stamboul, doux rivage
Où, par-dessus tout, je t'aimais,
L'écho me murmure : courage !
Elle ne t'a point dit : jamais;
Le chant qu'alors, dans mon délire,
Ma muse répète cent fois
A la brise, pour te le dire,
Je te le dois, je te le dois.

Si quelquefois, de l'agonie,
Cherchant à peindre les stupeurs,
Une faible et vague harmonie
Eclaire mes strophes en pleurs,

La larme qui, dessus ma lyre,
Tombe pour répondre à la voix
De mon amour, divin délire,
Je te la dois, je te la dois.

Puis si parfois, de la tempête,
Je dis les immenses rumeurs
Dominant pins à large faîte
Et qui semblent gémir des pleurs ;
Tu me comprends, c'est que je t'aime
Et que je suis triste parfois ;
Tous mes chants donc, ma souveraine,
Je te les dois, je te les dois.

Oui, je te dois mes chants d'ivresse,
Mes chants de plaisir, de bonheur,
Mes chants imprégnés de tristesse,
D'angoisse amère, de douleur ;
Chaque chant enfin que ma lyre,
Sur la grève, aux vallons, aux bois,
Avec transport redit, soupire,
Je te le dois, je te le dois !

Aussi, sur cette terre étrange
Où raillent insensés discours,
C'est vers toi seul, ô mon doux ange,
Que mon âme vole toujours ;
Et quand au ciel gronde l'orage,
Quand, tour à tour, je doute et crois,
Le chant qui me rend le courage,
Je te le dois, je te le dois !

Laisse-moi donc, ô mon idole !
T'offrir quelques-uns de ces chants.
Tu les liras, ô mon symbole !
Loin des regards jaloux, méchants ;
Tu les liras, pour bien comprendre,
O mon rêve, en qui seul je crois !
Que la flamme, l'ombre ou la cendre
De tous mes vers, je te les dois.

Saint-Germain-en-Laye.

AH! LAISSE-MOI RÊVER ENCORE.

En vain, sur ses ancres assise,
Notre goëlette au dragon d'or
Joue et sourit avec la brise
Qui vient la caresser au port,
Comme la lyre du Psalmiste
Murmurant un hymne d'amour,
Par ses accents, ma muse attriste
Les bruyants échos d'alentour.

En vain je foule, de la Grèce,
Le sol jadis si valeureux,
Ma pensée invoque sans cesse
Stamboul aux bosquets amoureux;
Stamboul, resplendissant rivage
Où tout charme, éblouit les yeux,
Stamboul dont l'agreste sauvage
Est le livre du merveilleux.

Stamboul dont les nuits vraiment belles
S'étoilent de mille flambeaux
Dont les scintillantes prunelles
Se mirent dans l'azur des flots;

Stamboul où jamais nulle aurore
Ne se lève sans un souris
Pour l'onde pure du Bosphore
Qu'effleure la main des houris.

Oui, Stamboul, où mon âme entière
A toi se donna sans retour,
Où tombèrent de ma paupière
Les premières larmes d'amour !
Où je passais, hélas ! sans cesse
De l'allégresse à la douleur,
Où j'eus des moments pleins d'ivresse,
De désespoir et de bonheur.

Laisse-moi donc rêver encore
A ton sourire, à ton amour;
Au loin l'horizon se colore
Des feux étincelants du jour;
Et tout bruit dans la nature,
Tout cadence de joyeux chants,
Le ruisseau doucement murmure
En serpentant le long des champs.

Puis chaque instant a son mystère,
Dans les vallons, au fond des bois,
Et sur le bord de la clairière
L'alouette n'est plus sans voix :
En gazouillant elle s'élève,
Monte jusqu'au sommet des airs,
Et l'enfant que berce un doux rêve
S'éveille à ces bruyants concerts.

Peut-être est-ce le dernier hymne
Qui, de la terre, monte au ciel,
Dernier élan d'une poitrine
Pressentant des coupes de fiel !
Ou bien est-ce pour ma pauvre âme
Qui tremble au doute, avec mon cœur,
Un dernier mirage de flamme,
Un dernier éclair de bonheur !

Peut-être est-ce un cri d'agonie,
Un dernier râle de mourant,
Une dernière mélodie
Vibrant à son dernier instant !
Je ne sais..... mais cette harmonie
Qui me vient sur l'aile des vents,
Me semble, en pleurs, épanouie,
Un sublime appel au printemps.

Elle me remplit de tristesse,
Et d'amertume et de douleur :
Une vague angoisse m'oppresse,
Et je sens frissonner mon cœur ;
Puis, avec effort se soulève
Mon sein dévoré par l'ennui,
Et je t'invoque, ô mon doux rêve !
Quand est le jour, quand est la nuit.

Pirée.

AUX RIVES DU BOSPHORE.

Adieu tes nefs aux blanches voiles,
Bosphore aux caïques dorés;
Adieu tes houris aux longs voiles,
Stamboul aux dômes élancés;
Adieu ton bouquet de platanes,
Prairie où j'aimais à rêver
Quand, le soir, aux flots diaphanes
L'étoile venait se mirer.
Adieu vallons, adieu montagnes,
Adieu côteaux, adieu ravins,
Où, jouant avec ses compagnes,
Nous causions les mains dans les mains.

Adieu Stamboul, frais paysage
Dont j'aimais courir les vallons;
Je vais relivrer à l'orage
Ma barque aux frêles avirons.
Adieu, le sort jaloux m'entraîne
Loin de ton ciel où tous les jours
La brise, parfumée haleine,
Venait sourire à mes amours.

Adieu, je vais lutter encore,
Errer par des déserts brûlants,
Loin de ta plage où le Bosphore
Baigne minarets et croissants.

Je vais, une voix me le crie,
Guidé par un espoir trompeur,
Pour semer d'or ma pauvre vie,
Mettre en enjeu jusqu'à mon cœur,
Loin de tes bosquets où l'ombrage
Dit au passant : viens reposer ;
Où, du bulbul, le frais ramage
A l'aurore donne un baiser ;
Loin de tes kiosques champêtres
Qu'embaume un parfum de sérail,
Et qu'animent au sein des fêtes
Vierges aux lèvres de corail.

Puis, quand l'effort de la tempête
Dans pénible, affreux tourbillon,
Aura blanchi ma pauvre tête,
De rides sillonné mon front,
Maudit, délaissé, hors d'haleine,
Vieillard avant d'avoir vécu,
En proie aux larmes de la haine,
Par d'amers regrets combattu,
Je m'en viendrai rêver encore
Sous tes grands ombrages touffus,
Et, sous les feux de ton aurore,
Pleurer sur mes beaux jours perdus.

Sachant à fond chaque souffrance,
Chaque chagrin et chaque ennui,
N'ayant plus rien de l'espérance
Qui loin de ton ciel me conduit,
Je viendrai murmurer encore
Dernier accent, soupir du cœur,
Souvenirs dont le feu dévore,
Espoirs éteints dans la douleur ;
A ton foyer, brillante flamme,
A tes banquets pleins de douceur,
Je viendrai reposer mon âme,
Je viendrai réchauffer mon cœur.

Je viendrai contempler l'étoile
Que je contemplais autrefois ;
Je viendrai, repliant ma voile,
M'enivrer de tes douces voix ;
Trop vieux pour redouter l'orage,
Trop malheureux pour espérer,
J'aurai le sublime courage,
Souffrant et pleurant, de rêver ;
Alors, une dernière ivresse
Emplira peut-être mon cœur
Et, dernier élan de tendresse,
M'inondera de sa douceur.

Garde-moi donc, ô doux rivage !
Un sûr abri pour mes vieux jours,
Port où je puisse, après l'orage,
Rêver encore à mes amours ;

Garde au pèlerin qui t'implore
Et dit un nom à son réveil,
Un doux baiser de ton aurore,
Un doux rayon de ton soleil,
Afin qu'aux jours de la détresse
N'attendant plus que le trépas,
Il trouve un phare où l'on s'adresse,
Et puis quelques fleurs sous ses pas.

Buiuk-Déré.

Dans les champs de maïs quand mon coursier numide,
Sous son sabot d'acier, fait voler le sillon,
Heureux, j'aime, penché sur sa crinière humide,
Sentir, dans mes cheveux, passer fraîche et rapide
        La brise en tourbillon.

J'aime le teint hâlé des jalouses Ciganes,
J'aime les longs cheveux des vierges de Mossoul,
J'aime les grands yeux noirs des houris, des sultanes
Que l'on voit soupirer à l'ombre des platanes,
        Couronne au front de Stamboul.

Abandonnant palais et chaumes et cabanes,
A travers le simoun, dans les déserts brûlants,
J'aime suivre en rêvant les grandes caravanes
Qui campent vers midi, loin des vertes savanes,
        Sur les sables mouvants.

Sur la mer, sur les flots, quand la tourmente gronde
Et fait jaillir la vague aux angles des récifs,
J'aime voir, et rouler, et monter avec l'onde,
Le navire aux grands mâts, la barque vagabonde
        Et les frêles esquifs.

J'aime mêler ma voix aux voix de la tempête ;
J'aime entendre mugir le vent dans les forêts ;
J'aime, des plus hauts monts, escalader le faîte ;
J'aime le bruit confus du flot que rien n'arrête,
     Brisant sur les galets.

J'aime, quand l'ouragan dévaste la campagne
Et déroule dans l'air ses immenses anneaux,
J'aime, monté bien haut sur l'agreste montagne,
Voir se tordre à mes pieds le colosse qui gagne
     De hameaux en hameaux.

J'aime, lorsqu'en éclats résonne le tonnerre
Et qu'on entend au loin ses sombres roulements,
J'aime m'asseoir au haut du rocher solitaire
Qui surplombe le gouffre où l'écho séculaire
     Bruit des bruits éclatants.

Mais je préfère encor, quand verdit le feuillage,
Quand l'air est embaumé du doux parfum des fleurs,
Écouter, de l'oiseau, le charmant babillage,
Et rêver tendrement, sous quelque frais ombrage,
     A mes amours en pleurs.